기간한정 이방인
:제주살이 기록

WELCOME

WELCOME TO

WELCOME TO

WELCOME TO JEJU

WELCOME TO JEJU

WELCOME TO JEJU

목차

HAPPY NEW YEAR

겨울,시작

겨울,시작

그렇게 됐다.

안녕?
나는 마루야

배웅

1월 1일 아침

세 사람과 한 마리가 함께 새해 첫 식사를 했다. 떡국을 제
법 든든하게 먹고 강아지를 뒤로하고 앞쪽에는 캐리어를
든 아버지와 뒤쪽의 어머니 사이에서 커다란 배낭을 덜렁
메고 계단을 내려가고 있는 나는 왜인지 지금, 이 순간만큼
은 우리 집의 막내가 된 것 같았다.

어린애가 된 것 같은 느낌에 눈동자만 소리 없이 굴리면서
도 아무렇지 않은 척 부모님과 함께 집을 나섰다.
공항까진 엄마가 데려다주시기로 이야기가 되어있었고,
아버진 내 캐리어를 들어 트렁크에 실어주셨다.

쑥스러운 마음에 아버지께 다녀오겠다는 작별 인사를 무뚝뚝하게 하고 차에 탔다. 배웅해 주시던 아버지의 묘하게 힘이 없는 모습이 마음에 걸려서 창문을 내렸다. 그리고선 다시금 전보단 조금 더 가볍고 명랑하게 인사를 하려고 손을 흔들며 창밖으로 고개를 돌린 순간 아버지의 눈가가 공교롭게도 햇살에 반짝 빛났다.

내가 지금 뭘 본 거지?

출발하는 차 안에서 나는 고장 난 목각 인형처럼 삐걱대며 고개를 돌려 뒤를 돌아봤다. 저 멀리 뒤에서 눈 부신 햇살을 등진 채로 한 손으론 담배를 태우시며 다른 한 손으론 어린애처럼 눈가를 닦으시는 아빠가 보였다.

얼떨떨한 기분으로 다시 고개를 돌리던 나는 시선이 자동
차 룸미러로 향했고 거기서 마침 시선을 돌리던 엄마와 눈이 마
주쳤다.

아주 찰나의 순간 눈빛을 교환하던 우린 이내 깔깔 웃음을
터트렸다.

아버지의 마음이 간질간질한 강아지풀 같았다.

입도

저녁 비행기를 타고 커다란 배낭을 메고 동생에게 빌린 커다란 캐리어를 들고 드디어 나는 제주 공항에 도착했다.

왕복 비행기 표를 예매하는 것이 당연했고, 머무는 시간이 결정되어 있었지만, 돌아가는 편이 없는 편도로 제주도에 들어오다니 기분이 이상했다.

괜스레 크록스 장화 속의 발가락을 꼼지락거려 본다.

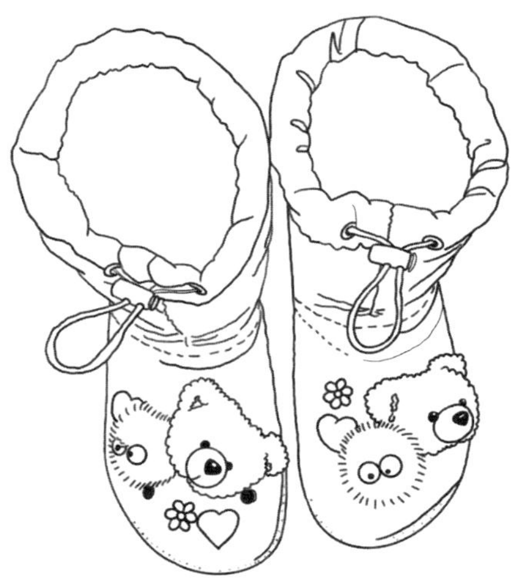

마음이 간질간질하다.

지금부터 시작할 이 여정이 단지 일상으로부터의 회피와
도피의 결과가 아닌, 새로운 도전이 되길 바랐다.

상상해 본다.

잘할 수 있겠지?

하지만, 세상은 호락호락하지 않았다..

부동산 정말 싫다

그때 그 집이 내 집이었어야해

집

제주는 생활 전반에서 육지와 다른 점이 많았다.

특히 주택 거래 형태 중에서 일 년 동안 임대해서 계약하는 연세라는 독특한 거래법이 그랬다. 또 다른 점은 부동산 매물을 찾아보기 위해 이용하는 플랫폼의 종류였다.

육지에서 비교적 익숙했던, '직방'이나 '피터 팬의 좋은 방 구하기' 등과 같은 곳들보단 '제주 오일장'이나 '제주 교차로'처럼 예전부터 이곳에서 독자적으로 사용하던 생활정보 서비스가 있었다.

제주살이를 결정하고 입도하기 전 매물들의 대략적인 상태와 가격대를 미리 알아보았던 나는 당시 알 수 없는 낙관론에 사로잡혀 있었다. 본격적인 이사철인 신구간도 아닌데도 매물의 종류가 적은 편은 아니었기 때문이었다.

하지만 이것은 현실을 알지 못했던 아주 게으르고 안일한 생각이었다.

막상 제주에 내려와 집들을 찾아보면서 설렘과 기대르 올라갔던 입꼬리가 슬금슬금 내려가기 시작하고 나중에는 초조함에 미간이 좁혀졌다.

왜냐하면 카테고리에서 거주를 원하는 지역과 가격더를 설정하니 매물의 현저하게 수가 줄어들었기 때문이다.

그나마 걸러진 것들도 몇 달 전부터 올라와 있어 눈에 익은 것들뿐이었다 관리비나 보증금이 조금씩 조정되며 조건이

달라져도 여전히 남아 있는 집이란 것은 무엇인가 애매한 요인이 있다는 이야기이니 그런 집들마저 제하고 나니 남는 것은 겨우 두세 개 남짓이었다.

어쩔 수 없이 현실과 타협하여 예산의 폭을 늘려 다시 검색했다 하지만 그렇게까지 했는데도 오히려 전보다 비용 대비 만 못 한 집들의 컨디션에 조금 울고 싶어졌다.

제주 이사 철인 신구간이라고 해서 당연히 선택지가 많을 거라 생각했는데 역시 세상은 좀처럼 나의 계획과 기대대로 호락호락 흘러가 주질 않는다.

평일에는 일을 하다가도 빈 시간에 잠깐씩 핸드폰을 손에

들고 수시로 매물을 검색해 보고 한숨을 쉬다가 주말에는
아예 카페에 앉아 노트북으로 검색의 검색을 거듭하다가 다
시 한숨을 내쉬는 일상의 연속이었다.

제주에 내려와서 벌써 한 달이 지나고 있었다.
일상은 지속되고 있는데 도무지 집중을 할 수 없었다.

내 몸 하나 뉠 집이 없었다.

막연한 긍정으로 어설프고 말랑한 기대로 가득 찼던 마음의
풍선이 터지기에 일보 직전이었다.

점차 웃음기가 가시고 머리가 복잡하게 돌아가기 시작했다.

그러다 마음속 깊숙하게 가라앉아 있던 불안과 어둠이 떠 올라 무기력의 늪에 나를 밀어 넣었다. 세상이라는 체계 안에서 스스로가 언제든지 교체할 수 있는 부품처럼 느껴질 때, 나는 사는 게 버거워졌다.

불안의 풍랑 안에서 마음의 중심이 격렬히 흔들리고 있을 때 문득 신혼집이나 사업장을 구하려고 돌아다니다가 예산에 맞춰진 매물을 보고 펑펑 울었다던 친구들의 이야기가 생각이 났다.

그 감정들이 어떤 것이었을지 이제야 손에 잡힐 듯 생생하게
그려졌다. 이런 마음이었겠구나. 이렇게 막막하고 서러운 마음
이었겠구나.

눈에 보이는 집들은 많은데 왜 내가 들어가 살 집은 없을까?

눈 앞이 캄캄했다.

나의 당근 온도는 36.5 ℃

구매하려고 하는 물건이 중고품과 신제품의 금액적 차이가 별로 나지 않는다면 나는 후자를 선택한다. 앞으로 어떤 형태로든 발생할 일들에 대한 기회비용을 미리 지급한다고 생각해서. 그렇기 때문에 소비 플랫폼에서 내가 '중고 나라'나 '당근 마켓'을 이용할 일은 없었다.

그런데 그런 나의 '당근 마켓' 첫 거래가 통 크게도 부동산이 될 줄이야. 사람 일은 정말 알다가도 모를 일이다.

당시 나는 예상보다 길어지고 있는 집 구하기 때문에 막막한 미래에 대한 걱정을 한 아름 끌어안고 불면의 나날을 보내고 있었다. 희망이 점점 애처롭게 메말라 붙어 가던 그날도 여느 때처럼 습관적으로 핸드폰을 들어 당근 앱을 켰다.

지푸라기라도 잡는다는 표현이 어떤 심정인지를 절절하게 느끼면서 원하는 조건으로 다시 설정하여 매물을 검색했다. 기대감 없이 습관적으로 하던 일 이었는데 순간 눈에 번쩍 뜨이는 매물이 올라와 있었다. 거래 조건은 한 달살이 후 연세 승계를 우선 조건으로 하는 것 이었다.

밤을 꼬박 새운 새벽 시간이었던 터라, 연락해도 실례가 되지 않을 시간까지 초조함에 다리를 달달 떨면서 아침으로 사과를 깎고 커피를 너려 마시며 적당한 시간을 내너 기다리다 마침내 문의 메시지를 보냈다. 그러자 먼저 매뚤을 보러 온다는 사람들더 있다는 답이 왔고, 그 시간을 피해서 약속을 잡고 바로 매뭂을 보러 갔다.

직접 가서 확인한 매물은 제주의 고옥 바깥채였다.

투룸에 큰 창이 있어서 햇볕이 잘 들었다. 창틀도 새로 시공이 되어 있었고 바로 전 세입자가 집을 공방으로 사용해서 생활감도 크지 않아서 깨끗했다.

매물의 위치와 상태가 가격에 비하면 좋아서 몇 가지 눈에 띄는 불편함은 흐린 눈으로 정신 승리가 어느 정도 가능했다. 아니 더 솔직하게는 다급함이 그 단점들을 크게 보지 않게 만들었다. 마침 세를 주시는 분이 원하시는 세입자의 조건이 나와 맞아떨어졌다.

결국은 마음고생했던 시간이 민망할 정도로 순식간에 내가 살 집이 구해졌다.

안도의 한숨이 크게 나 쉬어졌다.

마침내, 입주
:독립의 시작

전 세입자가 나눔해 주고 간 것들
청소기
압화액자
거 울

그리고 격려
그냥 인사말일지라도 힘이 난다.

자기 방도 겨우 치우던 내가 혼자서 입주 청소를 했다.
청소하면서 생각했다. 그동안 내가 부모님의 그늘에서 얼마
나 편하고 철없게 살아왔는지를 알게 되는 것이 바로 독립의
시작이구나.

아무도 없이 이제 여기서 홀로 뿌리를 내리고 살아가야 한다
는 현실이 비로소 실감 되었다.

제주에 와서 알게된 에이바웃 커피
합리적인 가격 정말 훵탄해 ♡♡

그릴드 치킨 샐러드

아메리카노
AM 7:30 ~ AM 11:00 까지
₩ 1,900

☆ 두유라떼도 맛있다 ☆

시즌별 메뉴개발이나
이벤트도 열심히 하는것 같다

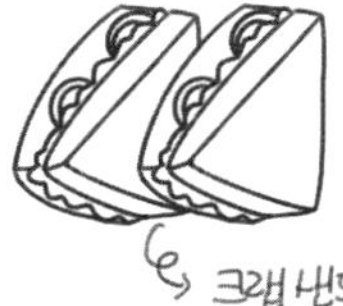

크랩 샌드위치

햄치즈 샌드위치도 있는데,
내 입맛에는 이게 더 맛있다

포구 근처의 집

꿈꾸던 바닷가 근처의 집은 낭만적이었다.

걸어 나가면 5분도 걸리지 않아 바다가 보였고 근처에 창이
커다란 카페도 있었다. 나는 종종 이른 아침에 일어나 집 밖
을 나와서 카페의 창가 테이블에 자리를 잡고 앉아 커피를
마셨다. 실내에 들이치는 햇볕을 쬐며 바다를 보는 시간이
하루 일과 중 가장 사랑하는 시간이 되었다. 나는 마치 햇살
아래에 누워 늘어지게 낮잠을 자는 강아지가 된 것처럼 행
복으로 몸과 마음을 채워갔다.

바다를 매일 볼 수 있기에 알 수 있는 변화와 일정하게 반복
되는 하루의 규칙성을 알아 가는 순간마다 내가 지금 여기
에 살고 있구나. 이게 정말 나의 일상 한 부분이라는 것을 실
감하게 되는 순간들이었다.

육지에서는 어쩌다 큰 마음을 먹고 시간을 내서 가야 했던
바다가 이젠 지척에 있다. 오일 파스텔로 그린 듯한 질감의
바다와 하늘 위 구름을 보고 있으면 내 마음도 함께 몽글몽
글해졌다.

그동안 자신을 지키며 사느라 차갑게 무감해야 했던 마음도
제주의 바다와 비슷한 색으로 물들어 갔다.

따뜻하고 밝은 파란색으로

이름 : 누렁이♂
추정나이 : 9날
그리고 창밖은 멍멍뷰

집 안에서는 난방텐트가 필수였다
여행으로 왔던 제주와
살러온 제주의 차이점을
비로소 자각하게 되는 순간이었다

필리핀의 겨울이
가을밤 같은 느낌이라면

제주의 겨울은
핵불닭 맛이었다

겨울, 실전

겨울 제주의 집안은 육지보다 훨씬 춥다는 걸 알고는 내려왔
다. 정말 알기간 하고 내려왔다. 역시나 머리로 알고 있던 것
과 직접 체감하게 되는 현실의 충격은 엄청났다.

보일러를 틀고 전기장판을 켰는데도 침대에 누워있으면 코
가 시렸다. 집에 있는데 코가 시리다니 말이 이제 도대체 무
슨 상황인가 라는 생각이 들었다.

추위가 너무 대서위 눈물이 찔끔 났다.
퇴근 후 집에 들어가면, 집 안보다는 밖이 더 따뜻했다.
태어나서 단 한 번도 겪어 본적 없는 일이었다.

냉기로 가득 찬 집이 힘들고 고통스러웠다.

유튜브에서 외풍을 막는 방법을 검색해서 원인을 찾고 해결 방안을 찾았다. 다이소에서 문풍지를 사 와 어설프게나마 틈새에 붙이고, 얻어 온 암막 커튼을 달아도 소용없었다.

보일러는 잘 돌아가는데 방바닥만 따뜻했다.
슬리퍼를 신고 수면양말을 신고서야 추위를 아주 조금 덜어 낼 수 있었다. 난생처음 독립을 해서 내 공간을 갖게 되었는데 그 난이도가 엄청났다.

집 떠나면 고생이라는 말을 또 다시 절절하게 체감하며 이불을 김밥처럼 말아 온몸에 두르고 덜덜 떨었다.

밤새 안녕한 생존을 위해서 방한 텐트가 꼭 필요했다.
덜덜 떨리는 손가락으로 검색의 검색을 반복하다 드디어 쿠
팡에서 텐트 주문을 완료했다. 매일 밤 마다 이불 김밥 안
에 들어가서 배송 상태 현황을 끊임없이 새로고침 하며 3일
내내 이를 악물고 추위를 버텨냈다. 그런 희망이라도 있어야
긴긴 겨울 밤이 조금은 덜 고통스러울 것 같았다. 그렇게 오
매불망 기다려서 드디어 도착한 텐트를 침대 위에 설치 하고
나서야 비로서 추위의 고통에서 조금은 벗어날 수 있게 되었다.

다음날 잠에서 깨어 일어나 텐트 밖으로 나오니 확연히 비
교되어 느껴지는 안과 밖의 온도 차이에 그만 헛웃음이 나
왔다. 정말이지 매워도 너무 매웠다. 동시에 부모님께서 나
에게 제공해 주셨던 주거 환경에 대해서 감사함을 느끼게 되었다.

온실 안 화초처럼 자란 도시 애송이가 감내하기에 이 추위
는 도무지 말이 안 됐다. 심지어 문제의 해답이라고 생각했
던 난방 텐트가 있어도 여전히 웃풍의 해결은 여전히 실마
리가 보이지 않았다.

도대체 무엇이 이유인지 알 수 없어서 골머리를 앓던 차에
제주에 내려와서 알게 된 어른께서 내가 추위 때문에 고생
하고 있다는 소릴 들으시고 라디에이터를 빌려주셨다. 집에
돌아와 보일러를 켜고 곧이어 받아 온 라디에이터를 같이 돌
리자 그제야 그렇게 바라던 온기로 집 안이 데워졌다.

방 안 가득 느껴지는 그 온기가 꼭 나를 향한 염려와 호의에
서 비롯된 따뜻함 같아서 든든했고, 고마웠다.
혼자 있어도 혼자가 아닌 것 같아서.

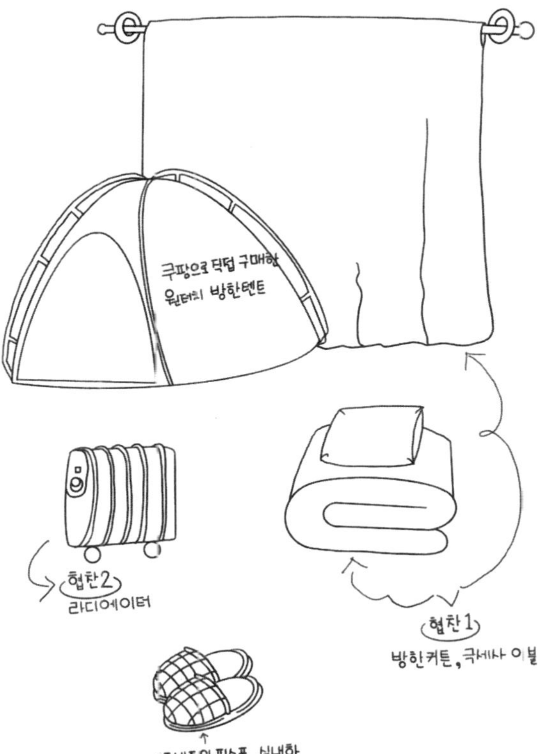

쿠팡으로 직접 구매한
원터치 방한텐트
협찬2
라디에이터
협찬1
방한커튼, 극세사 이불
스폭냉증의 필수품, 실내화

4.3 추념일

4월 2일 일요일 오전 마을 방송이 온 동네를 울렸다.

아무것도 하지 않고 침대에서 애벌레처럼 꿈틀거리던 나는
잡음 가득한 그 방송 내용을 파악하기 위해 귀를 기울였다.
마을 방송이라니 뭔가 흥분되었다.

드라마에서나 보던 장면이 나의 현실에 들어오다니! 하는
두근거림 가득했던 마음은 이내 머쓱하게 쪼그라들었다.
방송 내용이 내일은 4.3 추념일이니 오전과 오후에 각각 사
이렌 소리가 나면 묵념으로 추도하자는 내용이었기 때문이다.
제주에서 4.3은 아직도 헤집어진 채 아물지 않은 상처였다.

몰랐다.

아직도 마침표가 찍혀지지 않은 상처와 아픔이 무지했음을
자각하자 불쑥 죄책감이 고개를 들었다.

카레 만들기

● 조리순서
1. 안심을 버터와 함께 볶아준다.

2. 고기가 익으면 양파를 넣고
   양파가 투명해질 때까지 볶는다.

3. 양파에서 수분이 나오며 다른
   재료를 넣고 볶아준다

4. 카레를 넣고 끓이다, 마지막에
   초콜렛과 버터를 약간 넣는다.

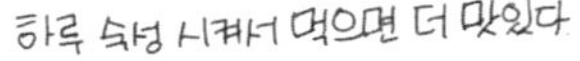

하루 숙성 시켜서 먹으면 더 맛있다

리틀 포레스트

시리게 추웠던 겨울이 지나고 봄이 오자 내 마음도 함께 피었다. 더위가 나를 찾아오기 전까지 열심히 집밥을 만들어 먹었다. 햇반 대신 냄비 밥을 만들어 냉동실에 얼려 놓고 하나씩 꺼내 먹는 게 재미있었다.

어떤 날은 낫토 비빔밥을 또 어떤 날은 엄마가 보내주신 열무김치를 곁들인 비빔밥을 먹었고, 다른 날은 감자와 버섯을 큼직하게 썰어 넣은 카레밥을, 여름이 가까워질 무렵에는 아삭거리는 오이고추 비빔밥을 해 먹기도 했다.

열심히 재료를 다듬고 요리를 해 한 끼를 해결하고 나면 나 홀로 리틀 포레스트 같은 영화를 찍고 있는 것 같아서 웃음이 나왔다.

냄비 밥

5/15/5 법칙

30분 동안 불린 쌀을 쎈 불로 5분 약불로 15분 끓이고 5분 뜸 들이기

마킷컬리와 로켓 프레시

나는 365일 입다어터이다.

언제쯤 다이어트에 성공해 유지어터가 될 수 있을지는 모르겠다. 아마 사람을 만나지 않고 산속에 들어가 자연인에 나올 수 있을 스 있을 떠쯤일 것 같다. 그래도 성공의 가능성이 0이 아니라 1에 수렴한다고 자신있게 말할 수 있다.

당연히 내가 자연인에 나올 가능성이 아니라 다이어트를 성공한 유지어터가 될 가능성이.

그동안 감량과 증량의 반복으로 다이어트 성공을 위한 요령도 있다. 그중 한 가지는 식욕 해소를 위해 요리를 하는 것이다. 재료를 다듬고 조리하고 상차림을 하는 과정을 거치고 나면 식욕이 희한하게 가라앉아 있었다.

그래서 언제인가부터 배고프지 않을 때 무엇인가 먹고 싶은 가짜 식욕의 해소를 위해 요리를 의식적으로 하기 시작했다. 처음에는 샐러드 도시락 정도였지만 나중에는 요리에 제법 취미를 붙이게 되었다.

아직도 간단한 조리에 가깝긴 했지만 요리 이후에 예쁜 접시에 담아낸 결과물을 찍고 SNS에 올리면서 일기를 쓰다 보니 이것 또한 어느새 자연스럽게 취미가 되어 있었다.

원하는 식단을 하기 위해서는 당연히 식재료가 필요한데, 나는 운전을 하지 않아서 집 앞까지 바로 배송이 되는 마켓 컬리와 로켓 프레시가 장을 보기에 더없이 좋은 플랫폼이 되어 주었다.

그런데 제주도는 쿠팡도 로켓배송이라는 말이 무색하게 3일 후 배송이 되는 지역이다. 당연히 식자재를 사는 데 주로 사용되는 마켓 컬리나 르켓 프레시를 사용할 수 있는 지역이 아니다. 다행이라고 해야 할지 지금 살고 있는 집 바르 지척에 하나로 마트가 있어서 식자재를 사는 것이 불편하거나 하진 않는다. 하지만 아쉬움이 남는 것은 어쩔 수 없다. 프레지 덩이나 이즈니 버터가 하나로 마트에는 없다.

두 플랫폼 모두 할인이 잦은 편이라 채소나 과일을 사는 것도 부담스럽지 않았는데 제주도에 와서 혼자 자취하며 살다 보니 과일이나 채소를 예전처럼 마음껏 장바구니 안으로 집어 들지 않게 된다 잘 사용하다가 서비스 지역에서 벗어나 이용 못하게 되니 급답했다. 게다가 요즘 따라 마켓 컬리가 자꾸 눈치 없이 쿠폰을 보낸다.

나는 지금 몹시 격렬하게 쿠폰이 쓰고 싶다.

지금이 가장 좋은 때이다.
좋은 하루가 쌓여 미래의 내가 된다.
오늘에 충실하며 살고 싶다.

앙...
진짜 싫어
곰팡이 오지마...

습도는 정신과 마음을 사정없이 뒤흔들었다.

습기와 제습기

여름이 되자 집에 들어가면 눅눅한 습기를 피하기에 바쁘다.

바닥에 닿는 발바닥의 표면적을 줄이기 위해 엉거주춤을 추며 육지의 습함과 다른 차원의 결에 놀란다. 처음에는 겨우 손거스러미 같은 정도의 불편함이었지만 습기는 점차 그 영역을 넓혀서 침구와 건조기를 돌려 말렸던 빨래까지 눅진눅진 내 영역을 점령해 갔다.

야금야금 조용하지만 야무지게 일상을 침략해 오는 습기의 행태에 속수무책이었다. 경험해 본 적이 없는 상황을 받아들이고 견디기에 나의 신경 줄은 너무도 가냘프고 볼품없었다. 쾌적하지 못한 삶의 터전이 스멀스멀 신경 줄을 갉아 먹어 들어 오고 있었고 결국 견디다 못한 나는 쿠팡 앱을 열고

선풍기와 미니 제습제를 홀린 듯 결제했다. 7월이 되려면 겨우 며칠만 참으면 되었었는데, 그마저 참을 수 없을 정도로 인내심이 동나버렸다. 겨울에도 이미 겪어 본 일이지만 역시 머리로 정보를 아는 것과 경험으로 알게 되는 것은 다르다.

사실은 돌집의 추의를 호되게 겪어 본 이후에 여름 준비를 위해 에어컨 설치를 꽤 오래 고민하기도 했었다. 하지만 더 이상 짐을 늘리기 싫고, 일년살이에 추가 비용을 굳이 발생시키지 않고 싶다는 이유로 두 달여의 여름을 견뎌 보자는 호기로운 결심은 형편없이 내팽개쳐졌다.

인간은 자연을 이길 수 없는데 또 잊어버렸다.

나는 내가 무던하고 참을성이 있는 사람이라고 생각했었는데 전혀 아니었다. 쿠팡이 제주까지 도착하는 고작 3일 치 정도밖에 안 되는 인내심을 갖은 주제에 모험심이 넘치는 끈기 있는 여행자라도 된 것처럼 굴었던 스스로가 한심했다.

에어컨 바람에 서늘하게 마른 침구 안에서 바삭거림을 즐기며 이불 속으로 파고들어 가고 싶다.

쾌적하고 서늘한 잠자리가 너무나 그립다.

습기에 담닉당해 커다란 어항 안에 갇힌 기분이 들었다

곰팡이

생각지도 못했던 흑막 속에 숨겨진 악당처럼 습기보다 나를 괴롭게 하는 것은 따로 있었다. 바로 아무리 닦아내었어도 그림자처럼 스멀스멀 집요하게 벽을 타고 올라오는 곰팡이다.

그림자로 만든 애니메이션은 아름답고 감성적이지만 벽에서 천장까지 타고 올라온 어둑한 곰팡이는 아름답지 않다. 몸과 정신을 동시에 사각사각 갉아먹는 욕심 많고 해로운 존재이다.

처음에야 당연히 기겁하며 부지런히 닦고 쓸고 환기를 시켰다. 나는 이때 벽지에 핀 곰팡이가 닦일 수 있다는 걸 처음 알았다.

하지만 습도가 높아진 며칠이면 어김없이 활동을 시작하는 이들 때문에 그 부산스러움이 소용없게 되니 허탈함에 힘이 쏙 빠졌다.

제주도 자체가 습도가 높은 지역이다. 그런 데다 바닷가 근처에 있는 집이기에 어쩔 수 없는 일이긴 했다. 지금의 현실은 내 선택의 결과이기에 최대한 긍정적으로 상황을 인정하고 받아들이고 싶었다. 그래서 "벽지를 타고 올라오는 곰팡이도 있을 수 있지. 내가 부지런 좀 떨면 되지."라고 애써 자신을 다독이곤 했다. 하지만 그러다가도 인내심의 임계점이 넘어가 짜증이 폭발해 버리는 순간이 있었는데 그건 바로 좋아해서 아끼던 물건이나 옷에 하얗게 피어올라 있는 곰팡이를 발견할 때였다.

생전 겪어 보지 못한 낯선 경험에 처음에는 사고가 정지 되었다. 짖는 것을 잊어버린 강아지처럼 아무것도 할 수 없는 상태가 돼버렸다. 나는 감당이 되지 않는 현실이 다가왔을 때 그 상황에 깊게 빠져 되뇌며 묵상하지 않는다. 생각을 깊게 하지 않고 당장 눈앞에 닥친 것들에 집중하며 최대한 단순하게 산다. 그러면 어느새 끝날 것 같지 않았던 상황들이 지나가 있다는 것을 이제는 경험을 통하여 알고 있기 때문이다. 그래서 일부러라도 곰팡이의 활동 낌새가 조금이라도 보이면 바로바로 몸을 움직였다.

그렇게 여느 때처럼 퇴근 후에 방 청소용 고무장갑을 끼고 마스크를 쓰고 종량제 봉투를 들고 부지런히 곰팡이가 핀 벽을 닦아내고 홀린 듯이 곰팡이가 낀 옷과 아끼던 지갑과 가방을 무자비한 학살자처럼 쓰레기봉투에 집어넣다가 헛

웃음이 나왔다. 이제 초복이 지났고 중복 말복도 아직인데 벌써 이렇게 견디기 힘들면 어떻게 하지? 눈앞이 깜깜해졌다. 제주의 여름을 본격적으로 겪기 전에는 기껏 두 달이라 금방 지나갈 터라고 또 가볍게 생각했다. 주변의 우려 섞인 시선과 걱정에도 그냥 어깨를 으쓱이며 뭐든 새로운 경험은 힘든 점도 있겠지만 그래서 한 편으론 기대가 되기도 한다며 대답했던 과거의 나 자신을 찾아가서 꿀밤을 따—콩 때려주고 싶었다.

육지 것의 멋모르던 바닷가 근처 집에 대한 로망이 산산이 부서졌다.

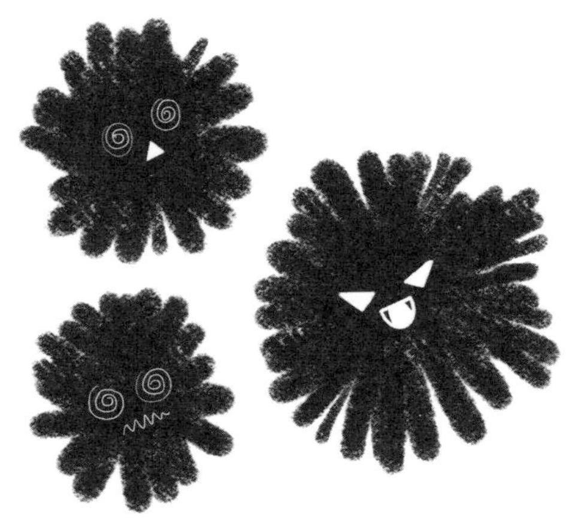

정말 다시는 만나고 싶지 않은 존재들이다.

향수병

멍하니 앉아 출근 전 밥을 먹다가 문득 눈길이 한 곳에 멈췄다. 분명히 며칠 전에 닦아 냈는데도 아랑곳하지 않고 다시 올라온 곰팡이가 피어오른 벽지가 눈에 들어왔고 갑자기 모든 것이 지겨워졌다.

아, 본가로 돌아가고 싶다.

살아 움직이는 것처럼 매일 조금씩 달라지는 모양으로 내 방을 점령해 들어오는 곰팡이들의 흔적을 보는데 외면하고 보지 않으려 했지만, 사실은 엄청나게 스트레스를 받고 있었다는 생각이 들었다. 처음에야 기겁하며 바로바로 닦아내고 치워 냈지만 진짜 여름이 되자 선풍기로 감당이 안 되는 습기 가득한 더위는 모든 의지를 상실하게 했다. 밖에서는 일을 하느라 정신과 마음이 힘들었고 집에 들어와서는 더위에 몸이 힘들었다. 그래서 잠깐 손을 놓고 있었는데 그 순간을 놓치지 않고 벽지를 빠르고 타고 올라온 곰팡이가 얄밉고 교활하고 집요하게 느껴져 싫고 밉고 짜증이 났다. 갑자기 입맛이 사라져 밥을 먹던 숟가락을 탁 내려놓고 등받이처럼 기대어 앉아 있던 침대에 더 깊이 몸을 기대고 고개를 젖혀 천장을 바라봤다. 열어둔 창문을 통해 때마침 불어온 바람이 아주 잠깐 선풍기의 바람과 맞바람이 되어서 나를 휘감아 왔지만, 이 더위를 해소하기에는 역부족이었다.

요 몇 년간 잊고 있었는데 바로 이래서 여름을 싫어했다.

모든 온도가 지나치게 높고 뜨겁고 습기가 가득해서 말이다. 하지만 마루가 우리 집에 오고부터는 여름이라는 계절이 주는 행복의 맛을 알게 되었고 덕분에 그 계절에 설득되려 했었다.

여름도 아름답고 행복한 일상이 녹아들 수 있는 계절임을 말이다.

더운 해를 피해 노을이 질 때쯤 마루와 공원을 걷던 날의 냄새와 바람, 풀 벌레 소리 같은 여름밤의 기억이 나를 행복하게 만들어 주었기 때문이다.

언제인가 운동 겸 산책을 나왔던 부모님께서 마루와 함께 내 퇴근 시간에 맞춰 버스 정류장 근처의 공원 쉼터에서 나를 기다리고 계셨던 적이 있었다. 내가 버스에서 내리자, 엄마와 함께 다가온 마루가 꼬리를 치며 다가와 반갑게 인사를 했고 예상하지 못한 만남에 나는 깜짝 놀랐다가 좋아서 웃음을 터트렸다. 그렇게 엄마 아빠와 나 그리고 마루가 서로의 얼굴을 보며 웃다가 정류장 근처의 건널목을 건너 집 앞 슈퍼에 들어가 아이스크림을 샀다.

각자가 좋아하는 아이스크림을 먹으며 재잘재잘 수다를 떨면서 온 가족이 함께 집에 들어갔던 그런 기억들 덕분에 여름이 좋아지려 했다. 그런데 지금 이곳에는 부모님도 마루도 없고 에어컨도 없다.

보고 싶다.

집으로,

가족에게로 돌아가고 싶다.

잘 지내?
보고 싶어

나잇값

나는 나잇값을 못 하는 사람이 되었을까?

주변 사람들 모두가 눈짓으로 말하게 만드는 그런 사람이
되진 않았을까?
사회에서 만난 몇몇 사람들은 나를 다시 돌아보게 했다.
나도 저런 사람일까? 그리고 왜 인지 그런 성찰은 나 자신을
더욱 옹송그려 들게 했다.
고루하지 않지만, 나잇값은 할 줄 알 것.
너무 주접스럽지 않을 것.
세월 속에 머물러, 오래된 문처럼 삐걱거리는 사람이 되지 않을 것.

그런 사람이 되지 않기를 바라며 끊임없이 자신을 돌아봤는
데, 사실 이미 그런 사람이 되어버렸으면 어쩌지?

아무리 나 좋을 대로 살아왔던 사람이었어도 나잇값을 하는 사람이냐는 물음 앞에서는 나도 모르게 작아진다.

오롯이 홀로 존재하는
섬처럼 느껴졌다

이방인

제주에서 내 나이는 어중간했다.

아주 젊지도 않았으며 그렇다고 아주 나이를 먹지도 않았다. 결혼하지도 않았고 아이도 없다. 그래서 더 스스로가 어느 교집합 안에 속하는 사람인지 좀처럼 알 수 없게 되어 버렸다.

일인 가구는 사회와 제도적으로 소외되어 있음을 체감하던 차에 이주해서 내려 온 이곳에서조차 일반적인 기즌 밖의 존재라는 느낌이 드니 마음이 섬처럼 둥둥 떠 부유했다.

섬 밖에서나 섬 안에서나 나는, 이방인이다.

이유

경험해 본 적이 없는 코로나 팬데믹이라는 역병의 시대는 돌아보면 온통 불안의 시기였던 것 같다. 끝이 보이지 않을 것 같은 어둡고 긴 불확실성의 터널을 지나온 기분이다.

그렇게 견디고 버티며 걷고 또 걷다 보니 드디어 저 멀리나마 일상으로 복귀할 수 있는 길이 보이는 것 같았다. 그러한 상황 안에서도 감사하게 뿌리가 든든하고 단단한 일상을 누리고 있었다. 갖고 있지 못한 몇 가지 것들에 집중하기에보다는 감사할 것들을 찾을 수 있는 시야가 길러지자, 어릴 때만큼 현실의 격랑에 마음이 뿌리째 흔들리는 일은 드물게 되었다.

하지만 그럼에도 당시의 나는 삶이 반지름이 일정한 원 안을 계속 맴돌기만 하는 것 같아 답답하고 우울했다. 그렇게나 안정을 바랐지만, 막상 그렇게 되니 이런 감정을 느낀다는 것이 아이러니했다.

나이를 먹는다는 것은 안정적인 삶의 궤도로의 진입이다.
예상할 수 있는 삶이 나를 편안하게 하기도 했지만, 한편으
로는 답답하게도 했다. 물론 불안정했던 감정과 삶의 기복
이 있던 이전에 비하면 진폭이 적은 지금이 훨씬 만족스러
운 나날이다. 하지만 이렇게 변함없이 몇십 년을 살아갈 거
라는 생각을 하자 밤고구마를 먹은 것처럼 목이 콱콱 막혔
다. 과거의 내가 현재의 나를 만들고, 현재의 내가 미래의 나
를 만들 텐데 정말 나는 이대로도 미래의 내 삶에 여전히 만
족을 느끼며 살 수 있을까라는 질문을 스스로에게 자꾸 던
지게 되었다. 그래서 이제는 당연하단 듯이 앞으로의 내 진
로를 이야기하는(이제 네 사업을 해야 하지 않느냐 같은) 조
언들에 괜스레 시선을 돌리고 딴청을 피우기 일쑤였다. 평생
지금 하는 일로 밥벌이를 한다고 생각하니 혹시나 아직 내
게 오지 않을 기회들을 내 던져 버리는 결정이 아닐지 하는

조바심이 들어서.

남은 생이 허락하는 시간 안에서 오로지 한 가지 일로만 밥
벌이해야 한다니 상상만으로도 목이 졸리는 느낌이 든다.
그때는(물론 지금도 여전히) 내 사업을 한다는 것은 왠지 나
의 삶의 방향이 완전히 한 곳으로 정해졌음을 선고받는 것
처럼 느껴졌기 때문이다.

이렇게 평생 시간의 물살을 거스르지 못하고 그 안에서 휩
쓸려 떠밀려 내려가듯 살아가야 하는 걸까?

성실하게 삶을 살아가는 것은 대단한 일이다.
한결같은 성실함은 애틋하고 사랑스럽다. 그 책임감과 진지
함을 폄훼하거나 나만은 다르다고 이야기 하고 싶은 것은 아

니다. 그냥 아직은 내 마음이 새로운 도전을 하고 싶었다.
더 이상 다음을 기약하며 현재를 참아 내듯 살고 싶지 않았
을 뿐이다. 정말 나중에는 그 도전조차 생각할 수 없는 순간
이 되었을때 후회라는 감정에 사로 잡혀 자꾸만 뒤를 돌아
보며 살 고 싶지는 않았다.

따뜻한 햇살 아래 빛이 바래가고 있는 것 같은 일상에 다시
새로운 색을 덧대어 색칠하고 싶었다. 매일의 습관처럼 걱정
과 두려움에 계속 나중을 기약하며 타협하고 버티며 현재를
비워 둔 채로 살고 싶지는 않았다.

그래서 제주가 좋다고, 내려와서 살아 보라는 제주도민이 된
지인의 인사치레였을지도 모를 제안을 덜컥 받아들여 내려
오게 되었다.

가을, 기대와 아쉬움

가을, 기대와 아쉬움

여름은 내내 힘든 날 이었다.

마음과 몸이 함께 힘들었고, 기진맥진하여 하루빨리 그 계절이 지나가기를 바랐다. 마침내 바라던 가을이 오자 나는 흘러갈 시간이 아까워 의지적으로 밖으로 나돌기 시작했다. 아이패드와 작은 책 그리고 핸드폰과 텀블러만 있으면 어디를 가도 절경인 제주에서 남부러운 것이 없었다.

버스로 다닐 수 있는 해수욕장을, 계획을 세워 노선을 따라 하나씩 다니기 시작했다. 그날도 여느 때처럼 늦은 오후에 해변에 도착해 바닷바람을 맞으며 산책하다가, 일몰을 보고 어둠이 내려앉은 해변을 벗어났다. 바로 집으로 돌아가는 것이 아쉬웠던 나는 카카오 지도를 켜서 근처에 있던 카페를 찾아 들어갔다.

바닷바람의 위력인지 추위에 굳은 몸과 마음에 따뜻한 온기가 필요하다고 생각했었기 때문이다. 아니 그것보단 자신을 다독이고 위로할 시간이 필요했다는 이유가 더 적절했는지도 모른다. 여름의 시작과 끝은 몸과 마음이 송두리째 흔들리는 시간이었기에 자신을 보듬어 도닥이고 싶었다. 견디고 애쓰느라 고생했다고 그래서 다시 살아갈 힘을 내고 싶었다. 내비게이션을 켜서 주변의 가까운 카페를 검색하고 그중에서 제일 마음에 든 카페를 찾아 들어가 자리를 잡고 메뉴판을 뒤적였다. 그날의 기분과 감정에 어울릴 메뉴를 찾다가 문득 눈에 들어온 양파 수프를 주문했다. 주문 후 자리에 앉아 아이패드를 꺼내서 메모장에 일기를 쓰기 시작했다.

무엇으로라도 나의 마음을 정리하고 싶어 한 시라도 가만히 있을 수가 없었다. 그냥 그런 나날들이었다. 많은 마음과 말이 엉켜서 어디서부터 풀어내야 할지 모르던 그런 시기였다.

주문과 동시에 양파를 카라멜 라이징 해서 끓이는지 제법
기다렸어야 했다. 하지만 그 기다림마저 온건한 행복으로 즐
겁게 느껴졌다. 양파를 볶는 냄새를 맡으니 따뜻한 위로의
온기가 찰랑이며 나를 덮어오는 것 같았다.

핫팩으로 차가워진 손을 데우며 카페 안에서 흘러나으는 음
악의 리듬에 맞춰 발목을 까닥이다 아이패드에 일기를 쓰며
수프가 나오길 기다렸다. 그렇게 얼마간의 기다림 후 마침내
나온 수프를 기대감만큼 한 숟가락 가득 떠 삼켰다. .

양파를 오래도록 볶아 끓여낸 수프가 몸으로 들어가니 추
위로 굳어져 있던 손이, 그리고 마음이 풀리기 시작하는 것
같았다. 이 작은 온기가 꽁꽁 얼었던 마음의 끝을 살짝 녹여
실금이 가게 했으면 좋겠다고 생각했다. 그 보잘것없는 실금

이 마침내 비로소 나를 경직되게 만들었던 모든 얼어 붙은 것들을 깨버리는 계기가 됐으면 좋겠다는 생각을 했다.

버티고 살기 위해 마음에 힘을 줬더니 몸에도 힘이 들어가 어깨가 딱딱하게 뭉쳐 얼어 붙어 버렸다.

사람들은 말했다. 누가 제주에 일만 하러 가냐고. 나도 제주 살이를 위해 내려왔을 때 평일에는 열심히 일을 하고 주말에 는 제주에서 누릴 수 있는 것들을 마음껏 누릴 수 있을 거라 는 기대가 있었다.

하지만 이런저런 이유로 오히려 육지에서보다 몸도 마음도 여유를 잃은 채 허덕이다 방전되어, 그냥 방 안에 있게 되는 날들이 더 많을 거라고는 당시에는 생각조차 하지 못했다.
이제는 온기가 조금 가신 수프를 또 한가득 떠 먹으며 더운
여름에 서핑을 하고 이 카페에 앉아 간단한 요기를 하며 아
이스 아메리카노를 마시고 있을 나를 그려봤다.

그러자 여름이, 이 일 년이 더 없이 빨리 흘러가기만을 바랐
던 얼마 전의 과거가 아쉬워졌다. 어쩌면 나의 제주살이는
정말 오롯이 홀로 섰어야 하는 생활이어야 했지 않을까?

그랬다면 마음을 좀 더 붙잡을 수 있었을지도 모른다 생각
이 들었다. 여름이 고통스럽고 힘든 날이 아니라, 지금 여기.
제주에서만 채울 수 있는 경험들로 가득한 계절이었을지도

모른다고 생각하자 후회와 아쉬움이라는 감정의 해일이 속
절없이 나에게 밀려들어 왔다.

제주살이의 마무리를 앞두고서 아쉬움만 가득하다.

늦은 출근의 이점을 살려 오전에 나와 바닷가에서 태닝도
하고 서핑도 하고 싶단 여름의 기대는, 마음이 무너지자, 밖
을 나설 여력조차 없어짐과 동시에 덧없이 부서져 내렸다.

햇볕에 바래질 내 마음의 색이 싫어 제주에 내려왔지만,
이곳에서 다시 색이 바랐다.

뚜벅이에게 고마운 202번 버스

- 제주 버스터미널
- 제주민속 오일시장
- 하귀 초등학교
- 하귀 하나로마트
- 애월읍
- 고내리
- 곽지 해수욕장
- 협재 해수욕장
- 금능 해수욕장

도시형 인간

제주살이를 통해서 알게 된 사실은 내가 수도권 집중화 현상의 모든 이점을 누리며 살았던 전형적인 도시 사람이라는 것이다. 그런 나에게 누군가 제주에 내려와서 제일 좋은 게 뭐냐고 묻는다면 예전에는 마음을 먹어야지 갈 수 있었던 바다가 지금은 지척에 있다는 것이라고 답하겠다.

그렇기에 일상을 사느라 그 이점을 제대로 누리지 못했음을 문득 깨달았을 때 허탈해졌다. 왜 여기까지 내려와서 육지에서처럼 한 점의 여유도 없이 살고 있을까? 하늘로 시선을 돌려 그날의 날씨에 감탄할 마음의 여유조차 없었던 날이면 공연히 홀로 시무룩해졌다.

그래서 시작한 것이 어떤 형태로든 지금을 기록하는 일이었다. 기록의 형태는 사진이 될 수도 있었고 짧은 메모도 될 수 있었다.

기록을 하다보니 제주로 내려옴과 동시에 첫 독립을 해서 고생스러운 일들의 연속이라 본의 아니게 부정적인 내용이 많아져 당황스러웠다.

제주라서 어려운 것이 아니라 혼자 낯선 곳에서 사는 것이 어려운 것이었다.

그리고 또 하나 새롭게 알게된 것은 여행지로서의 제주와 삶의 터전으로서의 제주는 도시인에겐 아주 다른 세상이라는 것이다.

무엇이든 빠르고 가깝게 이용할 수 있었던 도시의 삶이 익숙한 나에게 제주도는 호락호락하지 않은 땅이었다.

그럼에도 내가 버틸 수 있었던 것은 제주에서 만난 사람들이 나눠줬던 마음의 온기와 호의 때문이었다.

그렇지 않았다면 육지보다 낮은 임금 대비 노동이 주는 회의감과 육지에서부터 여기 제주까지 인연이 이어진 사람들에게 받은 상처들로 내 제주살이가 어두운 기억으로 추억되었을 것이다.

그래서 나는 아직은 제주살이의 끝이 실패라고 속단하고 싶지 않다. 일 년을 꽉 채워 이 땅의 사계절을 겪어 보면 적어도 지금의 이 감정과는 다른 빛깔이라고 말할 수 있기를 소망하기 때문이다.

그래서 이 가을, 기대로 마음을 가득 채우고 싶다.

. 겨울, 다시

겨울, 다시

관계의 유통 기한

제주살이를 권유했던 지인과 일을 했었다.

처음 인연이 시작되었을 때부터 고마움도 감사함도 있었던 지라 늘 부채 의식 비슷한 것이 있었다. 그래서 내려간 후에도 그때처럼 다르지만, 함께 잘 어우러져 일을 할 수 있을 줄 알았다. 설마 이렇게 서로가 힘들 줄은 몰랐다.

사적 영역과 공적 영역이 경계가 없으니, 감정이 더 뒤죽박죽이었다.

나는 서로를 신뢰하지 않으면 같이 일을 할 수가 없다고 생각한다. 이 관계에서 그 순간이 왔음을 직감했을 때 일을 그만두고 육지로 가겠다는 의사를 피력했었다.

나를 굳이 깎아 먹으며 일하고 싶지 않았기 때문이다

제주살이가 큰 결심이었지만 그렇다고 해서 아닌 것을 억지로 붙잡고 전전긍긍하며 애써 살고 싶지 않았다. 그것이 싫어 제주로 내려왔는데 이곳에서 또다시 반복하고 싶지 않았기 때문이다.

아니면 빨리 결정을 하고 다시 새롭게 시작하는 것도 용기라고 생각했다. 그리고 무엇보다 서로 얼굴 붉히며 이 관계의 종말을 선언하고 싶지 않았기 때문이다. 어찌 되었든 과거의 기억도 그랬고, 제주에 내려와 아직 집을 구하지 못했을 때 정착하기까지 많은 도움을 주셨던 분이기에 감사하고 고마운 어른이었기에 말이다.

하지만 그 이후로도 반복되는 업무적인 부침에 내 마음을 사납게 할퀴는 말들과 임금 대비 넘쳐나는 업무 지시. 그리고 무엇보다 본인의 사업을 하면서 육지와 다른 인건비의 셈에 나는 혼란스러웠다. 과연 이 사람이 내가 알던 사람이 맞나 하는 회의감이 들었다. 육지에서 함께 일했던 날들이 있었는데, 그 과거의 모습을 알고 있던 나는 도무지 이해할 수가 없었다. 게다가 업무의 방향성과 촛점이 애초에 달랐던 우리는 도무지 교차점이 있을 수 없는 평행선 같은 사이였다.

그런데 그 다름을 무시하고 본인이 옳다고 생각하는 틀과 방법 안에 사람을 억지로 욱여넣어 맞추려 한다면 얼마나 효과가 날까?

사람의 성향은 모두 다 다르고 오너라면 그 성향들을 파악
하여 장점을 핸들링해 업무적으로 최선의 효과를 도출해 낼
수 있어야 하는 건 아닌가?

사람이 일하고 사람으로 인해 수익을 창출하게 되는 것이
아닌가?

아프게 헤집는 말보다는 장점을 찾아 인정해 주고 신뢰를 준
다면 고용된 사람은 몇 배의 책임감으로 더 일을 잘할 수 있
다고 생각한다.

적어도 나는 그렇다.

사람의 인연에는 함께 하는 시기가 있다고 한다. 일을 할 수

록 나는 우리 관계의 유통 기한이 임박해져 감을 느꼈고,
그 멀어지는 끈을 굳이 안달하며 끌어오고 싶지도 않았다.
멀어질 관계를 억지로 덕지덕지 이어붙여 서로 상처를 주고
받으며 이어 나가기 보다는 그냥 자연스럽게 멀어질 수 있게
관계를 마무리 짓고 싶었다. 비록 그 속은 서로가 엉망진창
상처투성이였을지라도 적어도 마무리만큼은 좋은 문장을 끝
내는 마침표처럼 잘 마무리 짓고 싶었다.

하지만 다른 한 편으로는 꿈에도 생각하지 못했던 관계의
종말을 맞이하게 되는 이 상황이 슬펐다.

그래서 제주살이의 마지막은 아쉬움도 있었지만, 그것보단
조금 더 후련했고 더 슬펐으며 질렸고 화가 났다.

유통기한이
임박하였습니다

귤

나 귤 받았다.

그런 말이 있다.
제주에서 귤을 사 먹으면 인간관계를 돌아보란 말이.
그래서 제주살이를 하면서 한 번쯤은 주변에서 귤을 받는
경험을 하고 싶다고 생각 했었는데 정말 나에게도 그런 일이
일어 났다.

직장 동료 K 선생님께서 어느날 귤을 한 아름 갖다주셨다.
좋아하는 선생님께 받은 귤이라 더 의미가 있게 느껴졌다.
낑낑거리며 한 품에 가득 안고 버스에 오르는 퇴근길이 의기
양양했다.

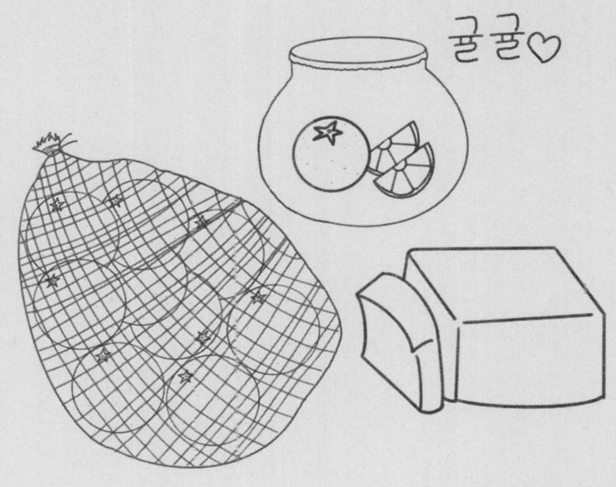

받은 귤을 집으로 가져가서는 흐뭇하고 음흉하게 웃으며 혼자
방 안에 앉아 벅벅 까먹었다.

손 크게도 정말 많이 주셔서 남은 귤들로는 잼을 만들어 용기
에 나누어 나눠 담아 두고 두고 먹었다.

엄마! 나, 귤 받았어.

히히

그리고, 출도

다시, 육지로

안녕! 제주!!

기간한정 이방인
ⓒ 철희

도   움 오도영, 장보영, 주 희, 연 희, 수 현, JJ
발행일 2024년 03월 12일
지은이 철희
이메일 lru6047@gmail.com
인스타그램 @fe_hee2

발행처 인디펍
발행인 민승원
출판등록 2019년 01월 28일 제2019-8호
전자우편 cs@indiepub.kr
대표전화 070-8848-8004
팩스 0303-3444-7982

정가 13,000원
ISBN 979-11-6756574-7 (03810)